OEUVRES DIVERSES

DE

MLLE DE BROSSARD,

Épouse de M. DE NAVELET,

CHEVALIER DE L'ORDRE ROYAL ET MILITAIRE DE SAINT-LOUIS,
LIEUTENANT-COLONEL DES GRENADIERS ROYAUX
DE FRANCE, ETC., ETC.,

EN 1750.

Vendu par M. DE NAVELET, ancien Greffier de Paix.

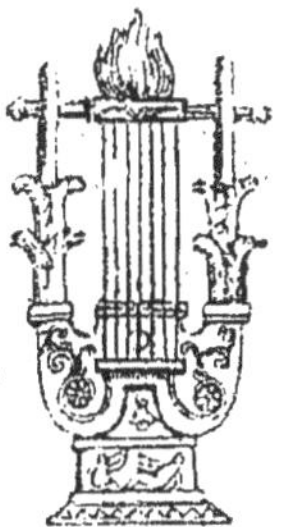

TROYES.

IMPRIMERIE ET LITH. BOUQUOT, RUE NOTRE-DAME, 86.

1847.

OEUVRES DIVERSES

DE

MLLE DE BROSSARD,

Épouse de M. DE NAVELET,

CHEVALIER DE L'ORDRE ROYAL ET MILITAIRE DE SAINT-LOUIS,
LIEUTENANT-COLONEL DES GRENADIERS ROYAUX
DE FRANCE, ETC., ETC.,

EN 1750.

Vendu par M. DE NAVELET, ancien Greffier de Paix.

TROYES.

IMPRIMERIE ET LITH. BOUQUOT, RUE NOTRE-DAME, 86.

—

1847.

OEUVRES DIVERSES

DE

Mlle DE BROSSARD.

*VERS analogues au Mausolée du Maréchal De Saxe,
qui ont concouru avec d'autres pour être inscrits en
forme d'épitaphe sur le sarcophage.*

O mort! vois le guerrier que vont frapper les coups;
Respecte ses vertus et les cris de la France.
Que sa vive douleur apaise ton courroux;
N'as-tu pour les héros aucune préférence?

Quoi! sans cesse insensible à nos plus tendres vœux,
Le sable dans les mains tu viens de sa carrière
Terminer les beaux jours et les faits glorieux;
Peux-tu donc sans pitié lui ravir la lumière?

D'un air majestueux il descend au tombeau.
Rien ne peut ébranler son âme magnanime;
Le génie est en pleurs, il éteint son flambeau,
Et le chagrin d'Hercule en ce moment s'exprime.

Il s'était vu renaître en ce fameux mortel,
Et retrouvait en lui sa force et son courage,
Quand l'ordre du destin implacable et cruel
Arrête ses exploits au plus beau de son âge.

Pour immortaliser cet illustre Saxon,
Il nous laisse en ces lieux les marques de sa gloire.
Tout au champ de l'honneur signala son renom;
Ses lauriers ont gravé dans nos cœurs sa mémoire.

PARAPHRASE SUR L'ORAISON DOMINICALE.

Toi qui commandes aux cieux, cher auteur de nos jours,
Qui formes nos destins et termines leur cours,
Que ton nom à jamais soit adoré sur terre,
Qu'on t'y craigne partout ainsi que ton tonnerre.
Dieu! que ta volonté s'accomplisse en nos cœurs,
Pour nous faire obtenir tes célestes faveurs;
Fais que ton règne heureux, signalant ta puissance,
Arrive pour combler notre unique espérance.
En attendant ce jour promis à tes enfants,
Daigne jeter sur eux des regards bienfaisants.

Comme nous pardonnons fais-nous grâce de même ;
Apaise les rigueurs de ta justice extrême,
Et par ta sainte grâce accorde-nous le don
De résiter toujours à la tentation.

SONNET.

Grand Dieu qui nous fit naître afin de nous sauver,
Toi dont le bras vengeur ne tient ouvert l'abîme
Qu'aux coupables humains qui pensent te braver,
Puis-je encore espérer la grâce de mon crime ?

De mes larmes en vain je voudrais le laver ;
J'ai trop long-temps aigri le courroux qui t'anime,
Et lorsque ta bonté veille à me conserver,
Ta justice réclame aussitôt sa victime.

Je ne murmure pas du décret éternel
Qui te rend insensible aux pleurs d'un criminel,
Brise un vase d'argile et le réduit en poudre.

Mais souviens-toi du moins, Dieu, juste Dieu puissant !
Que si mon corps mortel doit tomber sous ta foudre,
Le salut de mon âme est le prix de ton sang.

ÉPITRE A M. DE VOLTAIRE,

En lui envoyant un poéme en réponse au sien, sur la destruction de Lisbonne, pour prouver l'axiome tout est bien.

L'amour-propre souvent nous flatte et nous abuse.
Ne sois donc pas surpris, grand homme ! que ma muse
Ose aujourd'hui monter sur l'Hélicon fameux,
Sans craindre les écueils qu'avoisinent ces lieux.
Prouver que tout est bien fut toujours mon système ;
Ma raison sur ce point n'admet aucun problème.
Pour te peindre le vrai, j'ai de faibles talents ;
Mais on entreprend tout quand on n'a que quinze ans :
C'est l'âge inconséquent où l'on est téméraire,
Et c'est l'être beaucoup que d'écrire à Voltaire.

RÉPONSE *au poéme de* **M. DE VOLTAIRE,** *sur la destruction de Lisbonne, pour prouver l'axiome tout est bien.*

Crois-tu plaindre tout seul ces malheureux mortels,

Que la mort poursuivit jusqu'au pied des autels?
Qui peut voir sans douleur dans ces lieux de souffrance,
Des peuples fugitifs, tremblants, sans espérance,
Implorer du secours, et loin d'un triste bord,
Retrouver le danger qui les menace encor?
L'humanité gémit de ce désastre horrible :
Ne nous reproche point d'y paraître insensible.
Paris, comme Lisbonne, en but aux éléments,
Peut du même destin éprouver les tourments.
Toujours enveloppés dans la cause commune,
Nous n'en sentons que plus qu'elle est notre infortune;
Et le fier philosophe altier rempli d'orgeuil
Ne voit pas sans effroi les bords de son cercueil.
La nature a ses droits, et c'est une maîtresse
Qui nous fait à-coup-sûr sentir notre faiblesse.
Joués infortunés des caprices du sort,
Nous voguons sur les eaux sans trouver l'heureux port.
Je crains peu les malheurs produits du mal physique,
Mais je crains ce remord dont le droit tyrannique,
Enchaînant mes esprits par le plus fort lien,
M'empêche de crier, mon Dieu, tout n'est pas bien!
La sagesse en ce point m'ordonne de me taire;
Nos esprits sont bornés, tout est pour nous mystère.
Dieu ne serait pas Dieu, si de tous ses décrets
Nous pouvions pénétrer les sublimes secrets.
Que tous nos raisonneurs ont-ils à répondre?
Par les yeux de la foi je pourrais les confondre.
Si Bayle eût vu par elle, aurait-il pu douter?
Qui fuit le vrai principe est sûr de s'écarter.
Dans l'ordre des destins imposé par le maître,
Il combattit toujours le sûr ou le peut-être,
Et son esprit trompé, poursuivi par l'erreur,
En métrisant son âme, a dégradé son cœur.
Leibnits, ainsi que lui, porta tout à l'extrême ;
Il chercha la nature au milieu d'un système.
Au doute abandonné par un schisme fatal,
Il erra sur la cause et du bien et du mal :
Tels sont tous les efforts d'un esprit téméraire.
Le superbe ouvrier de la nature entière,
Sûr de tous ses projets quand il mit l'œuvre en main,
Prouva par ses calculs qu'il ne fit rien en vain.
Tout à ses fins servit, et la cause seconde
Fut aussi débrouillée dans le cahos du monde.
Dieu lui permit d'agir.... Il n'appartient qu'à lui
D'expliquer les ressorts du tout qu'il a produit;
Peut-être a-t-il voulu par son effet terrible
Que nous apprissions tous que son bras invisible

S'appesantit sur nous au gré de ses souhaits,
Lorsque nous dédaignons le prix de ses bienfaits!
Qui peut imaginer la matière rebelle?
Ce sophisme est absurde, et quel pouvoir a-t-elle
Sans la main qui conduit l'orbe de l'univers,
Et meut l'axe du monde en suspendant les airs?
Nous nous verrions rentrer dans le profond abîme
D'où nous avait tiré cet être magnanime.
Non, ne croyons jamais qu'il soit indifférent
A tous les maux épars que sur nous il répand :
Il ne nous créa point pour être des victimes,
Mais il punit en nous les fautes et les crimes.
Coupables, malheureux, mais volontairement,
Nous avons mérité son juste châtiment.
Les premiers vœux formés quand l'homme prit naissance
Furent de se soustraire à toute dépendance.
Dans son maître il ne vit que son rival heureux :
Jaloux de son pouvoir, ingrat, ambitieux,
Il se crut tout permis; mais Dieu, par sa puissance,
Lui fit sentir le poids de sa faible existence,
En l'éloignant de lui.... A d'éternels travaux
Il condamna sa vie et l'affligea de maux.
Sur tous les éléments, il eut régné peut-être :
Son orgeuil a détruit ses droits et son bien-être;
Il se vit accablé, et son plus triste sort
Fut d'être encor soumis au pouvoir de la mort.
De ses communs malheurs nous portons tous la peine;
La trame de ses maux a forgé notre chaîne;
En soutenir le poids est le fruit des vertus,
Et qui les méconnaît trop tard en sent l'abus.
Dieu juste, dites-vous, paraît inconcevable;
Il punit l'innocent..... il est fils d'un coupable;
Et le père en sent mieux l'excès de sa douleur,
Quand des maux de son fils il se trouve l'auteur.
La source empoisonnée en vain d'un cours rapide
Va purifier ses eaux dans un fleuve limpide.
De sa cause première essuyant les effets,
Elle n'en peut jamais arrêter les progrès.
Dieu nous donna le bien et le mal en partage,
Et s'il ne voulut pas, en formant son ouvrage,
Nous rendre plus parfaits et combler tous nos vœux,
C'est qu'il nous réservait à des combats heureux,
Pour nous apprendre tous à mériter nous-même
Le bonheur tant promis par sa bonté suprême.
Le libre arbitre enfin, combattu tant de fois,
Existe dans nos cœurs et réclame ses droits :
De la Divinité telle est la prescience,

Sans de nos volontés empêcher l'existence.
Maître de notre sort et de notre destin,
La raison nous conduit par le meilleur chemin.
Dieu grava dans nos cœurs les lois de la nature;
Elle s'y fait sentir, et sa voix toujours sure
Est l'écho qui rappelle au sentier du bonheur
Le mortel égaré qui tombe dans l'erreur.
Tant de puissants secours prouvent la bienfaisance
Du Dieu dont la grandeur se peint dans la clémence.
Triste calculateur des grands évènements,
Qui compte tous nos jours pour des jours de tourments,
Songe que les humains se sont rendus esclaves
En se forgeant entre eux les plus tristes entraves.
Libres, ils ont voulu des maîtres, et des rois
N'ont pu se maintenir sans le secours des lois.
L'affreuse ambition, mère de la discorde,
A chassé de leurs cœurs la paix et la concorde.
Tous fils du même père, ils ont formé des rangs,
Accordé des honneurs et tous les droits aux grands;
Le frère a succombé sous l'égide du frère,
Et le socle à la main, en labourant la terre,
Il a vu son vainqueur cent fois plus malheureux,
Accablé de besoins et de soins ennuyeux.
Au joug des préjugés, en se courbant sans cesse,
Promener les honneurs au sein de la tristesse,
La juste Providence a compassé les maux
De ces infortunés avec leurs fiers rivaux.
Si l'univers pour nous est la boîte à Pandore,
La vertu triomphante est toujours notre aurore.
Trop heureux le mortel qui chérit ce trésor,
Le jour il est tranquille, et tranquille il s'endort.
En vain, il voit l'éclair sillonner dans la nue,
Nous annoncer la foudre insensible à sa vue.
Ainsi que le guerrier au milieu des combats,
Il voit tous les dangers, mais il ne les craint pas;
Rien ne trouble la paix qui règne dans son âme,
Le seul amour de Dieu l'intéresse et l'enflamme;
Il sait qu'il est des biens qu'il a droit d'espérer;
Sans regretter le jour, il s'en voit séparer.
Qu'importe que son corps, mis dans un cimetière,
Soit, par le laps du temps, réduit tout en poussière;
Son âme, en le quittant, libre par cet effort,
Pour l'immortalité prend son dernier essor.
Malgré tous les discours de la philosophie,
Nous formons le destin du cours de notre vie.
Tout fut fait pour le mieux par le suprême auteur :
Si l'homme est malheureux, c'est qu'il fait son malheur.

VERS A MON ÉGLÉ, *femme d'esprit qui se plaignait de n'avoir pas le talent de faire des vers pour m'écrire dans ce charmant langage.*

Belle Eglé, qui des dieux possédez le langage,
Pourquoi former des vœux pour celui d'Apollon?
Quand on a le vrai goût, la science en partage,
On est sans peine admis dans son sacré vallon.
L'art de gêner souvent le bon sens par la rime,
Vaut peu le naturel de votre esprit charmant;
Il est trop mal aisé d'atteindre le sublime.
Le style épistolaire est-il moins séduisant?
Tenez-vous-en toujours à la simple nature,
Sans envier mon sort et mes faibles talents.
L'art nous trompe souvent par sa fausse parure,
Vous n'avez pas besoin de ses vains agréments.

VERS *à* **M**lle **DE FLEURY,** *à présent* **M**me **la baronne DE ROMILLY.**

On dit, belle Fleury, que la grâce divine
De ses rayons brûlants a pénétré ton cœur,
Que tu ne parles plus que de sainte doctrine,
Et que tu veux aussi convertir ton docteur!
Tu peux avoir senti cette grâce efficace
Qui des cœurs vertueux fait l'unique bonheur;
Mais, pour en imprimer dans nos âmes la trace,
Il te faut d'autres yeux et l'air moins séducteur.
Cache-nous tes attraits, si tu veux nous apprendre
Le véritable amour qui doit nous enflammer.
Ta plume est séduisante, ose tout entreprendre :
Peins-nous quel est ce Dieu que l'on doit seul aimer;
Peins-nous tout son pouvoir, renverse aussi le schisme;
Relis bien ton saint Paul et ton saint Augustin,
Mais apprends encor mieux par cœur ton catéchisme,
Car il est de la loi l'immuable destin.

RÉPONSE *à* **M. DUCLOS,** *sur son épître en vers, à son retour du château de Bellevue.*

Duclos, inconséquent dans ce qu'il fait et dit,
A l'art de nous charmer avec beaucoup d'esprit.
Mais sur ses sentiments, on ne prend point le change :
On se dira toujours il écrit comme un ange;

Il peint avec plaisir le tableau du bonheur,
Et pourquoi ne peut-il pénétrer dans son cœur?

Je demeure d'accord avec lui sur le détail qu'il fait des beautés que renferme Bellevue; il est difficile d'avoir de l'esprit, sans être amateur du beau. La contemplation de la nature et de l'art élève l'âme et enrichit l'esprit. Ainsi que l'auteur de l'épître, née sensible au riche travail des mortels, j'ai vu avec plaisir son extase sur la statue d'Eglé; mais ce ravissement si sensuel de sa part me paraît suspect en y réfléchissant, et je gage qu'il eût été pressé de jouir, si les dieux eussent animé Eglé. Le ciseau du sculpteur a moins fait impression sur son esprit que le riche contour de la figure n'en a fait sur ses sens. La volupté de l'auteur se peint dans tous ses vers; je le plains, si, comme je l'imagine, il est plus sensible par sensation que par connaissance et amour pour le beau général. Le charme sensitif que certaines beautés répandent sur les sens n'est pas de longue durée, l'auteur en a fait l'expérience; tout a séduit ses yeux, et rien n'a satisfait son cœur. En voici la raison, c'est qu'il a moins vu d'un regard d'amateur, que d'un œil d'amant, témoin son article sur Mahomet, que je veux réfuter.

Ce grand dieu des houris, ce dieu par excellence,
Vainqueur de tous tes sens et de ton existence,
Tu le chantes, il te plaît, il peut combler tes vœux;
Mais dis-moi, ce plaisir rend-il le cœur heureux?
Plusieurs fois satisfait d'une vaine chimère,
On s'en dégoûte ou bien elle devient amère.
D'un bonheur mensonger, telle est toujours l'erreur :
Le souvenir s'envole et l'ennui reste au cœur.

Des sons harmonieux, en frappant les organes de l'auteur, ont, dit-il, dessillé ses yeux; le charme a cessé, le plaisir l'a fui, et l'ennui l'a couvert de ses tristes voiles. Quel subtile changement! J'ai cru jusqu'à ce jour que cet ennemi du repos n'étendait son pouvoir que sur ceux qu'une importune grandeur accablait de ses dons; mais c'est bien pis, puisque le mal gagne jusqu'aux spectateurs de ses favoris.

On peut errer quelquefois; je crois que notre auteur est dans ce cas. Sur l'article de ses goûts, le sien, dit-il, est d'aller à présent goûter la félicité au hameau. La trouvera-t-il? Non.

Sous les toits fortunés d'une simple chaumière,
L'ennui le poursuivra, et lui fera la guerre.

Son esprit, peu accoutumé à l'innocence des nos bergers, ne sentira qu'un froid mortel pour eux, et son cœur, peu fait pour corder avec leurs heureuses franchises, se révoltera de lui-même? Non.

Le bonheur qu'il croirait trouver dans le hameau
Pour flatter tous ses sens n'est pas assez nouveau.

ENVOI DE MON CHEVAL, *nommé Pégase, à M. Prudent, de nom et d'effet, Chanoine et Curé, homme d'esprit, extrêmement gai et faisant de jolis vers.*

Partez, volez, Pégase, aux pieds d'un nouveau maître !
Méritez les bontés qu'il promet à votre être,
Oubliez que Sapho fut votre guide heureux,
Et qu'un meilleur destin va combler tous vos vœux.
Vous allez de nouveau goûter l'eau d'Hipprocrène :
Bientôt abandonnant Thalie et Melpomène,
Ah ! qu'il vous sera doux, sur un autre Hélicon,
De réunir Momus avec le grand Caton !
Vous porterez partout la gaîté, la prudence ;
Chacun suivra vos pas avec pleine assurance,
Et lorsque le printemps viendra renaître ici,
D'une muse des cieux vous deviendrez l'appui.
Connaissez tout le prix de ce bonheur extrême,
Et vous serez heureux plus que Jupiter même.

RÉPONSE A L'ÉPITRE DE M. LE SUEUR.

Quand vous nous écrivez, doutez-vous de nous plaire ?
Votre esprit a-t-il pu vous dire le contraire ?
Tels que soient nos plaisirs et nos amusements,
Des nouvelles d'amis rendent toujours contents.
Quand on pense beaucoup, on a beaucoup à dire.
Apollon au Babil a dédié son empire.
Parlez toujours Le Sueur, son langage charmant,
Et mon cœur vous répond d'un suffrage constant :
Si le vôtre est en proie à l'affreuse tristesse,
Le nôtre à l'égayer mettra son adresse.
Ces services d'amis se rendent chaque jour,
Et c'est un prêt rendu à charge de retour.

ENVOI D'UN BOUQUET DE ROSES *que j'avais peint pour la Sainte-Catherine, fête de M*^{me} *Doutre-mont.*

Daignez me recevoir, aimable Catherine,
Sans crainte de vous voir blesser d'aucune épine !
Le secret de vous plaire est l'objet de mes vœux ;
Qui se montre sans art n'est jamais dangereux.
Chacun sait que je porte en tous lieux ma défense ;
Mais je ne m'en sers point, car je haïs la vengeance.

ÉPIGRAMME *à M.* Robé*, sur sa satire au Comte de…*

Robé, sans amour-propre, en style académique,
S'est érigé censeur des auteurs de nos jours.
De Fréron jusqu'à lui, le mal épidémique
A sans doute gagné pour terminer son cours.
Quel homme que Robé! quel discours énergique!
Qu'il encourage bien le goût et les talents!
Vulcain forgea ses vers sur son enclume antique :
Pour les rendre plus doux, plus vifs, plus véhéments,
On s'en aperçoit bien, il tire à l'alambique,
Et dissèque avec art l'esprit de nos savants.
Comme ils sont au-dessus de sa muse cynique,
Ils se dispenseront de leurs remercîments.

ÉPITRE *en réponse à M.* Le S…*, sur une lettre plai-
sante qu'il nous écrivit à la campagne, à l'occasion
du mauvais temps.*

Qu'avec plaisir, Le S…., votre muse badine
Sur le temps inconstant, nous raille et nous lutine.
Que nous fait d'Aquillon l'importune rigueur,
Sous nos champêtres toits nous bravons sa fureur,
Ou bien dans des bosquets encor tous verts et sombres,
A l'abri du soleil et couverts de leurs ombres,
Nous cherchons du printemps tous les flatteurs plaisirs,
Et croyons les trouver au gré de nos désirs.
Cette douce rosée, en humectant la terre,
L'adoucit sous nos pieds, aplanit la poussière.
Si du ciel abondante elle vient par hasard,
Pour nous en garantir, nous montons dans un char :
De beaux ânes fringants de la plus fine race,
Nous servent pour aller promener à la chasse.
Diane y suit nos pas, et les meilleurs gibiers
Tombent à tout instant sous nos coups meurtriers.
De retour au château, les plaisirs s'y rassemblent,
Et les goûts du moment nous unissent ensemble.
Therpsicore et Momus, Bacchus comme Comus,
Ont goûté à nos yeux un triomphe de plus.
Des légères saisons nous bravons l'inconstance,
Et voyons du même œil avec indifférence
Les beaux et vilains temps succéder tour à tour.
Tous les soleils levant sont pour nous de beaux jours.

ACROSTICHE *de M. L...., professeur de philosophie,*
de physique, géomètre et astronome.

La science et l'esprit sont ses vrais apanages ;
Intéressant le cœur par les goûts de Rousseau,
Nous croyons voir en lui renaître les sept sages,
Goûtant la liberté de l'apôtre nouveau.
Oh ! qu'il a de talents pour la philosophie !
Il en est l'interprète et la fait voir en beau :
Savant comme Neuton, chacun lui porte envie.

ÉPITRE *en requête à* **M. De Saint-Germain,** *ministre*
de la guerre.

O toi dont les vertus, l'esprit et la candeur,
Se signala partout dans les champs de l'honneur !
Saint Germain, permets-tu que ma muse timide,
Echo du cœur français, en te prenant pour guide,
Célèbre le bonheur de te revoir enfin
Sous les lois de la France y fixer ton destin ?
Notre roi te devait cet acte de justice :
Il rend à tous nos vœux sa volonté propice.
Ah ! pouvait-on douter qu'étant bon, juste, humain,
Il oublia jamais qu'il fût un Saint-Germain ?
Il sait apprécier la valeur militaire,
En te faisant monter au rang du ministère.
Il te rend aujourd'hui l'heureux dispensateur
De ses justes bienfaits, objets de sa splendeur :
A tous les vrais guerriers tu vas servir de père.
Ils t'ont déjà nommé le héros Bélisaire.
Ce nom si mérité, donné de si bon cœur,
Est le présage aussi de leur prochain bonheur.
A toutes tes bontés ils ont droit de s'attendre ;
Et si, malgré la paix, on peut encor prétendre
Aux grades accordés pour leurs anciens exploits,
Deviens leur protecteur, fais renaître leurs droits !
Pour un époux chéri, mon tendre cœur t'implore ;
Les vertus, la bravoure dont son âme s'honore,
Ne l'a pas mis au rang d'un fortuné mortel.
Aux idoles des dieux il ne fit point d'autel ;
Il a vu ses égaux, soit par mérite ou brigue,
Monter rapidement ; mais dédaignant l'intrigue,
Il attend qu'un ministre éclairé comme toi,
Veuille le protéger seul auprès de son roi.
Connais à sa fierté le cœur droit de cet être :

N'étant point Saint-Germain, il eût désiré l'être.
Non pas qu'il prétendît à d'immortels honneurs,
Mais à ces qualités qui font briller les mœurs.
Heureux d'avoir servi, dès sa plus tendre enfance,
Sous les drapeaux de Mars avec intelligence,
Je t'ose demander, pour prix de ses travaux,
Qu'il soit fait colonel de grenadiers royaux.

A Mme DE LA BORDE, *sur les beautés de son château de Croix-Fontaine.*

Célèbre qui voudra son Iris et l'Amour,
Pour moi je veux chanter le fameux Croix-Fontaine !
J'ai vu, non sans plaisir, cet enchanteur séjour,
Et des efforts de l'art une preuve certaine.
La nature indolente avait fui sans regret
Ce sol qu'à ses moyens elle avait cru rebelle ;
Mais són rival heureux, qui formait un projet,
La fit rétrograder par la loi naturelle.
Bientôt l'or du Pérou, de concert avec eux,
Fit agir mille bras et jouer le salpêtre.
La roche saute en l'air, et des antres affreux,
Par la main aplanis, prennent un nouvel être.
Tout s'embellit au gré du plus vaste désir :
Des montagnes à pic offrent plusieurs étages
Que de très-grands tilleuls ombragent à loisir,
Sans dérober aux yeux le plus beau des rivages ;
Un aqueduc, un parc, de séduisants bosquets,
Des bassins sur des monts et des eaux jaillissantes,
Un labyrinthe en bas, dont les détours secrets
Plaisent en égarant, sous ces ombres naissantes ;
Une glacière auprès rafraîchit au besoin
Le chasseur altéré, qui court à perdre haleine ;
Un très-bon potager, dont Pomone prend soin,
Présente ses trésors placés près de la Seine ;
Un chemin entre eux deux dans ses retranchements
Force cette orgueilleuse, en sa course rapide,
De rester dans son lit malgré l'espoir du temps ;
Deux fontaines de source argentée et limpide
Vont la joindre en forçant leurs antiques prisons.
Art charmant, dans vos dons vous êtes incroyable ;
Vous nous offrez encor quatre beaux pavillons
Décorant un château de structure admirable,
Une avant cour, et tout ce qui flatte les yeux.
Mais ce n'est rien auprès de l'aimable maîtresse
Qui fait tout l'ornement de ces superbes lieux :

Candeur, esprit, beauté, grâces de la jeunesse,
Tendre-épouse en tout point et mère inimitable;
Un cœur que l'amitié fit pour combler ses vœux,
Des plus douces vertus le mélange agréable :
Il faudrait pour la peindre un pinceau plus fameux;
Le mien, sans coloris, n'est pas moins véritable.

LES REGRETS *de* Mme DE N...., *d'avoir quitté à Rosny, sa voisine,* Mme *De La Folleville.*

Il est des regrets dans la vie,
Qui souvent font notre malheur :
Celui de quitter une amie,
Qui des siens fait le vrai bonheur,
En est un pour un cœur sensible.
Oui, tu me l'as fait éprouver;
Folleville il est impossible
De te connaître sans t'aimer;
Te voir n'est rien, malgré tes charmes,
Il en est en toi de parfaits
Qui nous font te rendre les armes.
Même en dépit de tes attraits,
J'entends ce charmant caractère,
Egal et rempli de douceur,
Qui te rend la plus tendre mère :
Tu joins à ce titre flatteur
Un enjouement inimitable
Du jugement de la candeur,
Et tout ce qui rend respectable
Le naïf sentiment du cœur.
Qui pouvait donc ne pas paraître
Se plaire en vivant avec toi?
En te quittant, je sentis naître
Du regret l'imposante loi.
Non, non, Rosny, sans ma voisine,
N'eut point l'art de charmer mes yeux.
Par un talent que l'on devine,
Elle embellit les plus beaux lieux.

REGRETS *sur la mort de* M. le comte DE TRESSAN, *lieutenant-général des armées du roi, l'un des quarante de l'Académie française.*

Sous les efforts du temps vainement combattus,

Tressan a succombé, hélas ! il ne vit plus !
Si de justes regrets rappelaient à la vie,
Il nous serait rendu par ceux de sa patrie :
Mais l'on ne voit jamais et la mort et les grâces,
Malgré tous nos désirs, retourner sur leurs traces.
Favori des neufs sœurs de Mars et d'Apollon,
Toi qui, d'un vole heureux, fus au sacré vallon,
Dans tes derniers instants pour y marquer ta place,
Que ne peux-tu franchir des sombres bords l'espace !
Le pouvoir inconnu d'un esprit séducteur
Ne peut-il de Pluton charmer aussi le cœur ?
Inexorable loi de toute la nature,
Mort, tu veux ton tribut : souffre que j'en murmure.
Tu nous ravis sans choix les rois et les héros,
Et troubles l'univers sans laisser de repos.
Le seul mérite a droit au temple de mémoire.
De ce côté, Tressan, tout assure ta gloire ;
Ton esprit immortel et tes écrits charmants
Resteront à l'abri du ravage des ans.
Puissent tes chers enfants avoir pour héritage
Les talents dont les Dieux te firent le partage ;
Et respectant ton nom, au sein de leurs douleurs,
De ta tendre moitié calmer les justes pleurs.

ACROSTICHE *sur le nom de M*^{lle} *BROSSARD, de Bois-Malet, demoiselle jeune, remplie de grâce et de talents les plus rares.*

Briller par les vertus, briller par les talents ;
Réunir à l'esprit la raison du vrai sage,
Oser des Amphions imiter les accents ;
Sensible, douce et belle, avoir tout en partage :
Savoir charmer les cœurs, sans même s'en douter !
Aux sciences, unir l'utile et l'agréable ;
Rendre heureux les mortels qui peuvent l'entourer ;
Du Phénix elle est fille : il n'est plus introuvable.

INVOCATION *de M*^{me} *de NAVELET, aux mânes de son époux.*

Mânes de mon époux, objet de ma tendresse,
O toi pour qui mon cœur forma des vœux sans cesse !
Si le ciel est ouvert pour l'homme vertueux,
Ton âme est immortelle, elle réside aux cieux.
De cet heureux séjour puisses-tu voir encore

Les regrets et les pleurs de celle qui t'adore !
Puisses-tu les calmer par de sensibles vœux,
Jusqu'au moment qui doit nous réunir tous deux !
L'être éternel est bon ; exauçant ta prière,
Il me consolera dans ma douleur amère,
Et, paisible en songeant à toutes tes vertus,
Mon cœur croira jouir d'un bonheur qui n'est plus !

***

ÉPITAPHE *de ma Mère, morte à 86 ans.*

Tout doit à ses vertus un hommage sincère ;
Elle les réunit. Amie et tendre mère,
La bienfaisance fut le devoir de son cœur.
De ceux qui l'entouraient, elle fit le bonheur ;
Esprit fin et gaîté, aimable caractère,
A quatre-vingt-six ans elle sut encore plaire.

***

SALUTATION ÉVANGÉLIQUE.

Nous vous saluons tous, ô vierge incomparable !
L'esprit saint du Seigneur s'est reposé sur vous.
Le fruit de votre sein, miracle inconcevable,
Conçut le Rédempteur, qui vint nous sauver tous.
Mère dont il fit le choix, mère pleine de grâce,
Daignez prier pour nous et pour chaque pécheur ;
Obtenez-nous le don d'une grâce efficace,
Qui nous conduise tous au séjour du bonheur !

***

AUTRE SALUTATION.

Gloire à vous, reine des cieux !
O vous, dont la vertu austère,
Du Dieu qui veut nous rendre heureux,
Vous fit naître l'aimable mère !
Votre fils a brisé nos fers ;
Par vous nous sortons d'esclavage :
Que votre nom, dans l'univers,
Y soit respecté d'âge en âge....
Près ce cher Fils, notre Sauveur,
Soyez-nous toujours favorable !
Portez-lui l'encens de mon cœur,
Vous lui rendrez tout agréable.